KB079170

김한옥 시집

김 한 옥

· 충남 계룡시 출생
· 동국대학교 문화예술대학원 수료
· 전) 사단법인 문화재단청협회 회장
· 〈한국문인〉 시조·수필 신인상 등단(2020년)
· 사단법인 새한국문학회 운영위원회 이사장

· E-mail : kho4880@hanmail.net

김한옥 시집

The 1st Book of Poetry by Hanok Kim

제1집

시 단운 김한옥 번역 강신옥

행복은 어디 있나
있는 곳 알지 못해
우리가 찾은 행복은
각자의 마음이네

새한글문학회 출판부

시인의 말

　단청을 평생직업으로 살아온 화원畫員이 시를 쓰리라 생각도 못 했는데 충북 증평 문학관 이사장님인 이철호 교수님을 만나 시조시를 쓰도록 지도해 주셔서 시집을 내게 되었다.

　어려서 원래 취미는 그림 그리기를 좋아하였다. 초등학교 들어가기 전 서당에 다녔다.

　어린 나이에 어머니 손 잡고 신도안 용화사 산신각 호랑이 그린 벽화를 보고 와서 호랑이를 그렸는데 선생님이 보시고 서당 벽에 붙여서 보도록 하였다.

　초등학교 다니면서도 우리나라 왕들과 독립운동가 안중근 의사, 이승만 대통령, 신익희 선생 등을 그리도록 하여 복도 벽에 차례대로 붙여놓기도 하였다.

　이런 그림 그리기 취미로 궁궐이나 사찰

등에 단청을 하는 직업으로 살면서 전문서적을 몇 권 내면서 짤막짤막한 글을 쓴 것을 보고 나의 처의 친구인 이영애 선생 권유로 증평 문학관에 다니면서 이철호 교수님의 제자가 되어 시집을 내게 되니 참으로 영광스럽게 생각한다.

아직도 익숙하지 못하여 좀 더 공부하고 시집을 내려고 하였으나 은사인 이철호 교수님의 거듭된 권유로 시집을 내니 참으로 부끄럽다. 다만 부족하지만 살면서 느낀 것들을 쓰려고 노력하였다. 독자분들의 사랑을 받기를 바랄 뿐이다.

2021년 새해
丹云 金漢玉

차 례

2부 기다림

3부 통복천 방강길

4부 찾는 행복

1부
그림 속 역사

역사를 뒤로하고
세월이 흘렀건만

총총히 남아 있는
역사의 흔적들이

단청의 그림 속에서
알알이 남아 있네

고궁

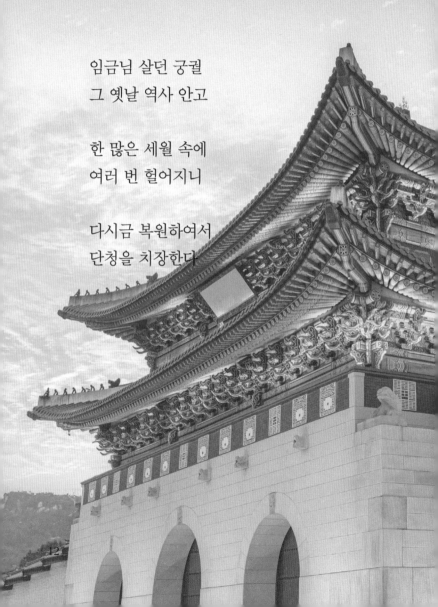

임금님 살던 궁궐
그 옛날 역사 안고

한 많은 세월 속에
여러 번 헐어지니

다시금 복원하여서
단청을 치장한다

The Old Palace

The palace where the king lived
Has the old history

In the regrettable times
It breaks down several times

By restoring again
Colorfully it was decorated.

그림 속 역사

역사를 뒤로하고
세월이 흘렀건만

총총히 남아 있는
역사의 흔적들이

단청의 그림 속에서
알알이 남아 있네

History in Paintings

Leaving history behind
Even though time has gone by

Starrily remained
The traces of history

In the paintings of Dancheong
There's a lot left vividly

새 단청

꽃대궐 울긋불긋
임금이 살던 궁전

한 많은 세월 속에
한없이 탈색되니

다시금 복원하고자
새 단청 치장했네

＊치장治粧: 매만져 꾸밈. 곱게 모양을 냄.
＊탈색脫色: 천에 들인 색깔을 뺌.

New Dancheong

Colorful flower palace
Where the king lived

In regrettable years and years
The colors got worn out

To restore again
New colors are dressed up.

* Dancheong : traditional multicolored paintwork
on wooden buildings

고색 단청

세월의 때가 묻은
고찰의 단청 색상

골팽이 가물가물
옛 선인 발자취가

사기의 희미한 기록
옛 단청 증명하네

＊골팽이青搋而:
　① 땅속에서 풀줄기가 부딪치면서 나선 모양으
　　로 나오는 때를 말함.
　② (단청문양 용어) 온 천지가 봄기운일 때 땅속
　　에서 풀줄기들이 부딪치면서 생성하는 모양
　　인데, 고사리가 처음 나올 때의 모습이다.

Dancheong of the Old Colors

The old temple that splendidly decorated
Was stained over time.

In the grimy spiral shape
There are the trails of an ancestor.

The old colorful shapes prove
A hazy record of history.

세월

가지를 마라
가지를 마라
세월아 가지를 마라
세월아 어디를 가니
너 가는 길 따라가기 힘들구나

세월아 가려거든
천천히 가거라
우리를 두고 너만 가거라
속절없는 세월이 원망스럽다

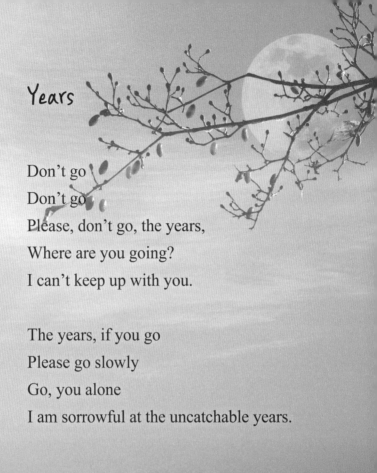

Years

Don't go
Don't go
Please, don't go, the years,
Where are you going?
I can't keep up with you.

The years, if you go
Please go slowly
Go, you alone
I am sorrowful at the uncatchable years.

새소리

짝 잃은 산새들이 애달피 불러 보는
진달래 꽃이 피는 산마루 노랫소리
가느란 나뭇가지는 바람에 흔들린다

조금 전 노래하던 짝 잃은 새 한 마리
휘파람 소리처럼 목놓아 불러 보는
새소리 산들바람에 어디로 가버렸나

산경山徑이 조용해져 마음이 서글프다
기다린 이내 마음 아실 이 없을 게다
이 마음 고독한 노래 허전한 인생살이

The songs of a bird

The mate-lost bird is heartbreakingly
singing
The songs over the hill where azalea
bloomed
Make the slender boughs sway in the wind.

The mate -lost bird's song
Remains no trail and
The bitter song of the bird was gone with
the wind.

The mountain is quiet and my heart sad
No one knows my heart who has waited.
A lonely song touches my heart in a
desolate life.

5일장

오일에 하루 종일 복잡한 재래시장
오가는 사람들이 물건을 사고 팔고
우리의 삶의 현장은 생동감 넘쳐나네

물건을 깎아 달라 떼쓰기 하는 사람
더 이상 안 된다고 버티는 상인들의
정감이 오가는 장터 걸쭉한 세상살이

어떤 이 반찬거리 사들고 어떤 이는
옷가지 고르면서 오늘도 즐거워라
서민의 애환이 깃든 정겨운 시장이네

5-day Market

Every 5-day, traditional market crowded
all day long

People who come and go buy and sell
things

The spot of our lives is full of liveliness

Someone wants to lower the price

Merchants argue not to be able to lower
price

In the market, there is a real life

Some buy side dish makings and others
pick clothes,

Today is a happy day!

A friendly market with people's joy and
sadness

고향 마을

고향을 떠나온 지
수십 년 지났구나
동구 밖 시냇물에
물장구 치던 개울
어머니 품속 같은
따뜻한 고산이네

언제나 그리워라
가고픈 동산 마을
어려서 뛰어놀던
정이 든 촌락인데
시방은 부모형제들
다 떠나 갈 수 없네

My hometown

Since I left my hometown
It has been decades
In the stream around the village
I played in the water with my friends
Like a warm mother's arms
The old mountain was there.

Always I miss my hill-town
Where I want to go
My beloved hometown
That ran around in my childhood
But I can't go there now
Because no relative remains.

유년의 동무들아

구름도 쉬어 가는 봄날의 산마루에
진달래 피고 지는 꽃동산 바라보며
동무와 정담을 나눈 그 옛날이 그립다

여울진 산골짜기 흐르는 시냇물이
훈훈한 봄바람에 생명을 키우면서
천천히 꿈틀거리며 바다 깊이 모인다

논둑길 손을 잡고 엄마야 노래하던
다정한 동무들이 뿔뿔이 헤어져서
모여든 바닷물같이 만나 보고 싶구나

The childhood Friends

On the ridge of a spring day, where even
clouds rest
Looking at the flower garden that the azalea
blooms
I miss the old days when I talked with friends

While the warm spring-wind let lives grow
Flowing creek among mountain valley
Slowly gathers in the deep ocean

Who sang with holding hands on the paddy
path
Hearty friends were scattered
I would like to meet my old friend like
gathered ocean water

망설임

꽃향기 가득하게 거리에 퍼져 있는
통복천 제방둑길 등산로 걸어가며
그 옛날 주고받았던 정담이 그립구나

핸드폰 손에 들고 전화를 걸까 말까
만지작거리면서 그대를 생각한다
너와 나 스쳐 지나간 그 옛날 동무들아

타향길 낯선 거리 정들면 고향이다
멀고 먼 거리여서 만나기 어려운데
전화를 걸어 보아야 만나기 어렵겠다

Hesitation

In the street full of floral scents
While walking on the Tongbokcheon
embankment
I miss talks had in old time

Holding a cellphone I hesitate to call you
While touching it, I think of you
You and I, old friends who slid by

Even unfamiliar streets become hometown
when it gets used to.
Far away you are, we cannot meet
Even if we talk over a cellphone, it is hard
to meet

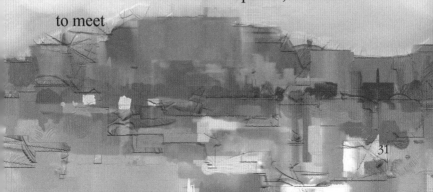

心解寺

뒷동산 개울가에 신록이 우거지고
권수초卷鬚草 높은 나무 휘감고 오르는데
그대와 둘이 만나서 오해를 풀어 보자

안개 속 산들바람 산골짝 종소리가
부처의 대자대비 고막을 간질이다
부족한 우리들 사이 절에나 가자구나

※ 권수초卷鬚草: 나무에 덩굴풀이 엉겨 올라가는 것.
　　　　　　　　서로 오해하여 마음이 엉김을 뜻함.

SimhaeSa

Around the stream in the back hill are dense green trees.

Just as vines climb up high trees, we are also intertwined.

I want to meet you to resolve a misunderstanding.

Breeze in fog and the bell's sound in the mountain valley

Tickle ears of Buddha who is great mercy

We who are lacking, let's go to the temple.

2부
기다림

졸졸졸 흘러가는 시냇물 노랫소리
정든 님 기다리는 이 맘을 아시는지
제방길 어아리나무 진노랑 팔랑이네

어승화 길거리에 꽃향기 풍기면은
이곳에 오신다던 그님은 오지 않네
아침의 초생달님은 햇빛에 숨어드네

떠나지 말아요

떠나지 말아 줘요 내게서 떠나가지
말아요 영원토록 당신을 사랑해요
당신이 나를 버리고 가시면 슬퍼져요

세상이 말해 줘요 당신만 사랑해요
우리는 세파에서 꽃잎을 피웠어요
이웃이 우리 보면서 영원한 연인이래요

희망을 말해 줘요 당신이 바라는 것
모두 다 들어주는 바보가 되겠어요
그래도 떠난다면은 붙잡지 않겠어요

Don't leave

Please don't leave me
I love you forever
If you forsake me, I will be so sad

Please let the world say "He only loves you"
We bloomed petals of love in a hard time
People say that we are everlasting lovers

Please tell me your wishes
I'll be a fool to listen to everything you want
But if you leave, I won't hold you.

기다림

졸졸졸 흘러가는 시냇물 노랫소리
정든 님 기다리는 이 맘을 아시는지
제방길 어아리나무 진노랑 팔랑이네

어승화 길거리에 꽃향기 풍기면은
이곳에 오신다던 그님은 오지 않네
아침의 초생달님은 햇빛에 숨어드네

오시지 아니하는 우리 님 이다지도
아쉬운 마음이라 눈가에 이슬 맺혀
한마디 말을 못 하고 이슥히 한숨짓네

Waiting

The singing that the brook is murmuring
Whether the beloved one knows my heart
waiting for
Forsythia's yellow petals are fluttering on
the embankment.

When the hollyhock is fragrant on the street
My beloved one who said to be going to
come has not come
The morning moon hides in the sun.

My beloved one who has not come
Causes me to cry.
Just I sigh without a word.

연가

운명의 장난인가 그리움 사무치네
이룰 수 없는 사랑 미련만 쌓이는데
이리도 지울 수 없는 사랑은 상처 되네

무정한 그 사람은 내 사랑 모르는가
내 마음 떠나려니 슬픔만 짙어지네
어디서 구슬피 우는 비둘기 울음소리

하소연 할 수 없는 나만의 사랑 노래
달큼한 꿈속에서 네 모습 바라보며
못다 한 사랑 이야기 전하고 싶어진다

＊연가戀歌 : 사랑에 대한 노래. 염곡.

Love Song

An irony of fate? Just longing pierces my
heart
The unachievable love remains regrets
An indelible love makes me sick.

Doesn't the pathetic one know my love?
As my heart is bout to leaves you, my
sorrow grows.
Somewhere, the sound of dove mourning.

My own love song that I can't confess.
Looking at you in a sweet dream
I want to tell you my love story that has
not yet been unfolded.

어느 날

커피 향 가득하게 퍼지는 찻집에서
그대를 기다리나 오지를 아니하네
우리 님 왜 아니 오나 창밖엔 비만 오네

지루한 기다림에 애꿎게 화가 나네
에헤라 모르겠다 찻집을 나서는데
방긋이 웃음 던지는 그대를 만났다네

애태운 기다림도 슬며시 사라지고
그리운 우리 님과 손잡고 식당 가네
아이들 뒤치다꺼리 우리 님 안쓰럽다

One day

In a tea house full of coffee scent
I have been waiting for you but you have
not come
Why does not my sweetheart come? Out-
side it is snowing

Due to boring waiting, I am annoyed
Ahe~ra, the moment I am about to leave
the tea house
I met you who smile at me

My irritation vanished,
I hold hands with my sweetheart and go
to the restaurant
I feel sorry for her who takes care of children

자기

당신을 처음 보고 어쩐지 이끌려서
어여쁜 당신에게 화살을 당기었다
수줍어 어쩔 줄 몰라 얼굴이 빨개졌네

당신과 하나 되어 사랑의 가정 이뤄
행복한 보금자리가 꽃대궐 되었다네
지나간 세월들이 아쉬운 추억인가

우리들 한 배 타고 자식들 소원 빌며
여울물 사랑 싣고 한없이 흘러간다
꿈처럼 가는 세월이 아쉬운 시간이네

My sweetheart

No sooner I saw you, I was attracted
So I shot Cupid's arrow at you.
You were at a loss with a reddish shy.

You and I are married and have a loving family
A happy home has become a flower palace
The past years are full of beautiful memories.

The boat of wishes for children is
Flowing along the brook of love endlessly.
But it's sad the years go by like a dream.

불러도 대답 없는 이여

어머님 세상 뜬 지 수십 년 지났건만
가끔은 생각나서 눈시울 적십니다
생각나 소리치면은 메아리가 울립니다

절절한 이내 마음 아무리 불러 봐도
떠나신 어머님은 대답이 없습니다
저세상 부모님에게 이 맘을 전합니다

흘러간 세월들에 그리움 가득하여
아무리 불러 봐도 대답이 없습니다
지난날 돌아보면은 후회만 가득합니다

Even if I call out you

It's been decades since my mother passed away
Sometimes the longing for you makes me
feel so sad
Whenever I call out my mother, only an echo
resounds.

No matter how hard I call desperately
My mother who has left has no answer.
I want to send my heart to my mother in
another world

The years that cannot be returned are full of
longing.
No matter how much I call out her, she
doesn't answer
Looking back on the past, it is full of regrets.

떠나신 어머니

석양빛 노을 안고 저물어 가는구나
저 해는 내일 다시 세상에 오건마는
그리운 우리 어머니 어째서 못 오시나

청청한 하늘에는 흰 구름 오고 가네
이 마음 구름처럼 생각이 나고 지네
무한히 그리운 이여 떠나신 어머님이여

지금에 생각하니 참으로 비통하네
철나지 않은 자식 부모님 걱정시켜
가신 후 통곡하여도 다시는 못 오시네

The mother who left

It's getting dark at dusk
The sun will return to this world tomorrow
My dear mother, why can't you come?

The white clouds go back and forth in the blue
sky
Thoughts in my mind appear and disappear
like clouds
Desperately I long for my departed mother

Now that I think about it, I'm really sad
I, who was not matured, had my mother
worried
After leaving, even if I mourn, my mother
never comes again.

너

어쩌다 너와 내가 서로를 마주 보면
애타는 꽃봉오리 터질 것 같아진다
나만의 참을 수 없는 사랑의 미련인가

가로등 불빛 아래 둘이서 걸어가며
날 보고 웃어 주는 그대가 그리운 밤
소주잔 마주칠 때면 그리움 떠오른다

애태워 불러 보는 마음의 메아리가
황홀한 꿈길 속을 스치고 사라지면
영원히 그리운 이가 내 마음 울려주네

You

When you and I face each other,
The blazing heart is about to burst
Is it an unbearable lingering love of my own?

Walking together under the street lights,
I miss the night you smile at me.
Whenever I clink a glass, you come to my mind.

As the echo I call you heartbreakingly is
Disappeared into the fascinating dream path,
The everlasting longing makes my heart cry.

세월이 간다

그대를 보는 순간 느낌이 좋았다네
기대감 부풀어서 가슴이 떨렸다네
즐거운 생각하면서 미래를 꿈꾸었지

나만의 생각인가 꽃송이 아름다워
눈길을 떼지 못해 한없이 쳐다보네
꺾으면 다시 못 보는 한 번의 꿈같은 생

정말로 아름다운 내 젊음 다시 보랴
영원히 안 시드는 꽃인들 없지마는
흐르는 세월 속에서 내 모습 두렵구나

Time goes

I felt so good the moment I saw you
I was trembling with expectation,
I dreamed my future pleasantly

Is it only my thought that this flower is so
beautiful?
I look at it ceaselessly not taking off eyes
If the flower is picked, no longer there will be
dreamy life

Can I see again my youth that was so beautiful
Though there is no flower that does not wither
In the flowing time, I fear to see myself

그대와 같이라면

당신의 말 한마디 너만을 사랑한다
청춘이 춤을 췄다 희망이 다가왔다
한세상 살아가는 데 젖줄이 되었었다

이 세상 난관인들 그대의 한마디 말
엄마의 사랑 노래 희망의 연가였다
외로움 위로해 주는 그대가 그리워라

인생이 살아가는 천 갈래 만 갈래 길
그대가 우리 같이 평생을 있어 주면
힘든 것 떠나보내는 당신은 보약이다

If with you

Your word that you only love me
Was a lifeline living this world
As youth danced, so hope came

Your word thawed the world's difficulties
and
Your love song was the song of hope
I miss you comforting my loneliness

In a thousand strands and ten thousand
strands of life
If you stay with me forever
You, my mother, will be a remedy for
letting the hard things go

3부
통복천 방강길

어두운 밤하늘에 별빛이 반짝이는
통복천 방강길은 가로등 드문드문
어둠이 포근거리는 우리들 사랑 거리

어스름 깊어 가는 가로수 불빛 아래
그대와 설레이는 이 밤이 아름답네
자동차 경적 소리가 이 맘을 놀래키네

땅거미 지는데

통복천 제방길에 금계국 활짝 웃는
초여름 으스름달 가로수 아래에는
수많은 산책객들이 아직도 오고 가네

둑방로 으스레한 땅거미 지나는데
설레는 밤하늘에 별빛이 반짝이고
저이들 희로애락에 이령수 빌고 비네

*이령수: 신에게 비손할 때 말로 고함. 또는 그런 일.

It's Dusk

Along the Tongbokcheon embankment,
the golden-wave bloomed widely
Under a dim moon and streetlight of early
summer
Lots of walkers are still coming and going

Faint dusk passes over the embankment
Stars twinkle in the fluttering night sky
At their joy and sorrow, they pray wishes

통복천 둑길

구~욱
구~욱
산비둘기 구~욱

통복천 제방_{堤防} 정자나무 가지에
비둘기 집을 짓고
짝을 부릅니다

전설의 통복천
제방 나무에
살아간 비둘기 도롱태
소리 없이 채어 갔습니다

여보여 어디 있니 구~욱
아~아 한없이
불러 봐도 여보는 어디로 갔는지
소식 알 길이 없습니다

통복천 방강防江 정자나무 가지에
집을 지은 비둘기 애처롭게
울어 대면 구름 낀 대낮의 등산객이
이 나무 저 나무 두리번두리번거립니다

Tongbokcheon embankment

C~oo C~oo
Wood pigeon C~oo
On the branch of Shade tree
The pigeon that made a nest
Calls the mate

Legendary Tongbokcheon
Sparrowhawk snatched a pigeon who had
lived
In the tree on the embankment
Without a sound

My sweetheart, where is?

Ah~a endlessly

No matter how many times he calls out her,

He can't find out where she's gone

On the branch of shade tree around Tong-
bokcheon

The pigeon who made the nest

Weeps pitifully

Then the hikers in broad daylight

Look around this tree and that tree

상사화 相思花

여름철 담홍자색
상사화 뒷마당에

슬프게 피었는데
이파리 안 보이네

저 꽃도 우리네처럼
상사병 걸렸나 봐

Lycoris

With pink-purple in summer
Lycoris bloomed in the backyard

Flowers are sad
Not to meet the leaves

Those seem to take a lovesick too
Like us

통복천 방강길

어두운 밤하늘에 별빛이 반짝이는
통복천 방강길은 가로등 드문드문
어둠이 포근거리는 우리들 사랑 거리

어스름 깊어 가는 가로수 불빛 아래
그대와 설레이는 이 밤이 아름답네
자동차 경적 소리가 이 맘을 놀래키네

그대와 속살대는 이야기 끝이 없고
은은한 풀 향기가 촉촉이 스며드니
그대와 헤어지기가 아쉬워 눈물짓네

Tongbokcheon Banggang-gil

Starlight twinkles in the night sky
Streetlights are rare on the Tongbokcheon
Banggang-gil
It is our love street where the darkness is soft

The night is getting deeper under street lights
This exciting night with you is beautiful
But the sound of car horns surprises me

There is no end to the whispering story with you
The subtle scent of grass permeates moistly
Parting with you for a while causes my eyes
to wet

봄

동면의 동식물이 기지개 켜면서
잠에서 깨어나는 봄날이 되었구나
꿀벌과 봄나비들도 꽃잎에 날아드네

흐르는 시냇물은 흥겹게 노래하고
물보라 사방으로 꽃잎들 적시면서
정겨운 논둑 수로길 유유히 흘러가네

봄날의 따사로운 날씨가 고마워라
농사일 열심하여 지난해 결실보다
튼실히 열매 맺기를 손 모아 빌어 본다

Spring

It's spring day
When hibernated animals and plants
stretch and wake up
Bees and spring butterflies also fly in the
flowers.

The flowing brook sings merrily
Water drops splashing in all direction
make flowers moist
A gentle paddy waterway flows leisurely

Thanks for the warm spring weather
Working hard on the farm,
May bear better fruits than last year, I pray

봄의 꽃과 벌 나비

봄에는 벌 나비
꽃을 따라
찾아오네
봄이 오네

봄에
봄에
찾아오는
벌 나비 춤추며 꽃에 피네

봄 되어 우는 산새들도
짝을 찾아
봄 동산
찾아오네

산에서 봄이 오니
웃음 짓는
동식물도 튼튼하게
잘 자라네

봄이 오니
희망의 계절
움츠린 삼라만상森羅萬象
군무群舞가 노래하네

Spring flower, bee and butterfly

In spring, bee and butterfly
Along the flowers
Are coming
Spring comes

In spring
In spring
Bee and butterfly are coming
They are dancing and blooming at flower

Even mountain-birds in spring
To find a mate
To spring hill
Are coming

In the mountain
Spring comes
Animals and plants that smiles
Strengtheningly are growing well

Spring comes
The season of hope
All things in a huddle
Are singing and dancing

日光

저 멀리 찾아오는 아침 햇살
눈이 부신데
모든 생명체들은 생기 어린 눈을 뜨고
우리의 삶도 기분 좋은 아침이다

맑은 하늘 햇빛은 마음을
상쾌하게 만들어 준다
멀리 계신 임이 더욱 그립다
점점 가까운 햇살이 마음을 달랜다

어제는 흐리고 비가 오더니
오늘은 햇살이 반짝인다
우리네 삶의 기쁨
샘처럼 솟아나는 하루가 여기 있다

The Sunlight

The morning sun comes from far away
It's dazzling
All living things wake up vigorously

For the blue sky and sunlight refresh me,
I miss even more my sweetheart who is distant
The warmer sunlight smooths my heart

Yesterday, it was cloudy and rainy
Today, the sun is shining.
It's a day that the joy of our life springs up
like a fountain.

마음

빗자루 마당 쓸고 쓸어도 쌓인 먼지
바람에 날아와 쌓이고 또 쌓인다
바람을 없앨까요 먼지를 없앨까요

마음의 먼지도 우리네 모두에게
서로의 갈등 속에 쌓이고 또 쌓인다
마음을 없앨까요 갈등을 없앨까요

사는 것 너나없이 뜻대로 안 된다고
화내고 원망한들 어쩔 수 없다마는
시방도 모든 생명체 모르고 흘러가네

The Mind

Though being swept and being swept with a broom
Dust in the wind is getting more
Is it better to remove wind or dust?

Dust which exists on our all minds
Piles up into conflict one another
Is it better to get rid of the mind or conflict?

Ones are getting angry and blaming
Because life does not go as one's wishes
But still living things flow quietly as they are

우주와 인간

우주의 마음은 하늘이고
인간의 마음도 하늘 같다

하늘은 항상 맑지는 않다
구름이 흐르고 눈비가 온다

인간의 마음도 항상 맑지는 않다
때로는 기쁨과 슬픔이 온다

맑은 하늘에 구름이 끼고
천둥 번개가 친다

인간의 마음도 번개처럼
악행이 벌어진다

자연의 변화는 어디서 오는가
모르는 것들이 너무나 많다

인간의 마음도 변화무상하다
내 마음도 모를 때가 너무나 많다

The Universe and Man

The heart of the universe is heaven.
The human mind is also like heaven.

The sky is not always clear.
Clouds run and snow falls.

The human mind is not always clear.
Sometimes joy and sorrow come.

The blue sky is cloudy and
It's thundering and lightning.

The human mind is like lightning.
Evil happens.

Where does the change of nature come from?
I don't know so many things.

The human mind is changeable, too.
Too often I don't even know my own mind.

착각

일몰이 되었는데 언제나 밝을거나
잘못된 생각으로 욕심만 부렸구나
시간이 저물었는데 어둠을 몰라서야

이대로 포기하자 마음이 편안하다
모자란 생각인데 그것을 알았으니
깨끗이 포기하여서 들뜨던 마음 정리

과욕을 부리다가 마음의 상처 되니
실력이 모자란데 욕심만 부린다고
억지로 할 수 없는 걸 이제사 깨달았다

Illusion

It's sunset, is it always bright?
I've been greedy for the wrong idea.
It's dusk, but I did not recognize the darkness.

I felt at ease when I gave up as it was
I knew that my thought was not good enough.
I organized my mind by giving up

I just realized that no matter how greedy I was,
I couldn't force myself
When I was not good enough.

4부
찾는 행복

행복은 어디 있나
아무리 찾아봐도

있는 곳 알지 못해
오늘도 허송세월

우리가 찾은 행복은
각자의 마음이네

자화상

뜻대로 아니 되니 좌절이 왔나 보다
무리한 생각으로 절망을 느끼면서
본인의 부족한 생각 깨닫지 못하였다

과욕을 모르면은 언제나 후회한다
아직은 늦지 않아 생각을 고쳐먹고
정신을 똑바로 차려 갈 길을 찾아보자

스스로 지난 사념 뒤돌아 보는 시간
오가는 욕심일랑 깨끗이 버리면은
이렇게 거벼운 마음 예전엔 몰랐노라

Self-Portrait

It wasn't the way I intended, so I seemed to frustrate.
While I feel despair with unreasonable thoughts,
I did not realize my own lack.

When I am too greedy, I always come to regret
It's not too late to change my mind.
Let's get up and find a way to go.

Time to look back on my own past thoughts,
When I throw away my greed
I didn't know before that my heart is lightened like this.

나의 하루

어질러 놓은 책상
텔레비전 컴퓨터 모니터
시를 쓴다고
의자에 앉아서
졸다가

잠자는 침대에 누워
채널을 돌리고
이 채널 저 채널
코로나 많다가 줄어들고
막힌 생각

시간은 기다려 주지 않고
나이는 줄일 수 없고
생각은 막혀서
하루해가 기울면
하루가 또 가네

My day

On the messy desk
Computer and Television monitor
Trying to write a poem
I am drowsing with sitting in the chair.

Lying on the bed
I change this or that channel
Corona goes up and down and
My thoughts are blocked

The time does not wait for me
I cannot stop getting older
My thoughts are blocked
As the sun goes down
Again my day passes by.

물질만능

물질의 욕심들은 인간의 본능이다
예전의 사람들도 이 시대 사람들도
행복을 설계하려면 재산이 필요했다

철이 난 시간부터 소유의 탐욕들이
경쟁을 촉발하며 세상사 각박해진다
재물에 대한 욕심은 끝없이 계속된다

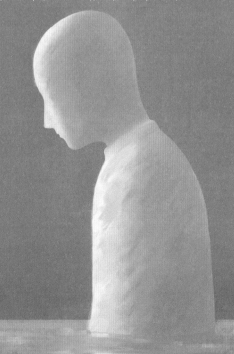

물성의 만능주의 인간의 존엄마저
버리니, 원한다고 다 하지 못하는데
과욕을 부리다가는 사람됨을 잃는다

＊본능 本能:
① [생] 생물이 선천적으로 갖고 있는 동작이나 운동.
② [심] 동물이 후천적 경험이나 교육에 의하지 않고
　　외부의 변화에 따라 나타내는 통일적인 심신의 반
　　응 형식.
＊물질 物質: 재산이나 재물을 달리 이르는 말.
＊물체 物體: 구체적인 형태를 가진 것.
＊물성 物性: 물질이 가지고 있는 성질.

Materialism

The desire for the material is human instinct
Before and now, people think that
Designing happiness requires wealth

The greed of possession triggers competition
And makes the world tough
People try to amass wealth endlessly

Mammonism leads to a loss of human dignity

No matter how desperately you want it, you can't have everything

The greed for the material causes us to lose even humanity

찾는 행복

행복은 어디 있나
아무리 찾아봐도

있는 곳 알지 못해
오늘도 허송세월

우리가 찾은 행복은
각자의 마음이네

To find happiness

Where is happiness?
No matter how hard we find it

We don't know where it is
Waste of time again today

The happiness we seek
It's up to our own heart

마음

동녘이 밝아 오니
희망이 찾아오네

동식물 잠을 깨고
활동들 하는 나날

이내 몸 숨겨져 있던
취미를 찾았다네

Heart

Since the east is bright,
Hope is coming

All things wake up
And start a day

I found my hobby
Hidden inside me

직職

고인돌 하나 빠져 큰 바위 무너지네
공직은 낭떠러지 위험이 존재하니
이성의 진동 소리에 언제나 주의 신호

동방이 밝아온다 세상이 깨어나네
평등한 여남권리 새 시대 주권인데
타분한 권위주의를 못 벗은 권위주의

＊동방東方: 동쪽, 동쪽 지방.
＊타분하다: 기분 따위가 시원하지 못하고 답답하다.

Position

As an embedded stone is pulled out, a big
rock falling apart
The public position is always at risk of falling
Therefore you have to pay attention to the
voice of reason

The east gets light and the world wakes up
Though the equal right between man and
woman is a new era's command,
The authoritarianism cannot escape staleness

예감 豫感

개인이 걱정된다 인류가 걱정된다
나라가 걱정된다 세계가 걱정된다
걱정만 하고 있다고 해결이 아니 된다

우리의 국민들이 개개인 거리 두기
손 씻기 열심하고 마스크 잘 가리고
코로나 활동 열심히 막아내 건강하자

우리의 의료진이 세계의 모범 되어
우리를 구원하고 외국도 구원하자
우수한 우리 민족이 잘해서 우뚝 서자

Expectation

I'm worried about individuals and humankind.
I'm worried about my country and this whole world.
Just worrying won't solve the problem.

When each of us keeps social distance and
Washes hands and wears a mask well,
We can overcome the Corona and stay healthy

Let our medical team be role models of the world.
And let's save our country and the world.
Then our nation will be outstanding.

핵탄두 민족단결

뭉치면 다 죽는다
헤지면 덜 죽는다

뭉치면 살아나고
헤지면 다 죽는다

이 세상 이야기가
어느 것 옳을까요?

Nuclear warhead national unity

If we unite, all of us will die.
If we scatter, we will die less.

If we unite, we will survive
If we scatter, we will all die

Which one is right?

희원 希願

희망을 타인에게
맡기려 하지 마라
본인이 가는 길을
각자가 선택하라
다른 분 먹는 음식
이 배는 안 부르니

딴 사람 의지하면
그대 일 없어진다
과욕은 버리면서
무어든 시작하라
열심히 걷다 보면
발자국 생겨나니

For hope

Don't leave your hopes to others
Choose your own path you should go to
What others eat does not make you full.

If you rely on others, your work will dis-
appear
Throw away your overzealous desires
And start something
If you walk hard, you will get your
footprints

다른 의견

종교나 정치 문제 서로가 다르다고
서로들 내세우면 친분에 갈등 생겨
서로를 존중하면은 정분이 유지된다

상대를 이기려면 상대방 의견 청취
합리적 의견이면 받아서 의견 일치
설득을 못 받아들일 것이면 포기하자

나만이 옳았다고 상대를 무시하면
상대도 같은 생각 결국은 의리부동
어디나 완전무결한 사람은 있지 않다

A Different Opinion

When opinions about religion or politics differ

If we insist on our thought, our relationships go through conflict.

When we respect each other, we can maintain our friendship

To beat your opponent, you have to listen to other people's opinions.

And when it's a reasonable opinion, you have to accept it.

If you don't think you can convince others, give up

Because I was right, if I despised others,
Others will act in the same way
No one is perfect

비바람 멈추어라

하늘이 뚫어졌나 비구름 춤을 춘다
수마가 할퀴고 간 집들이 무너지고
오간 길 문전옥답도 어디로 사라졌나

천지를 진동하는 물소리 겁나는데
나무가 흔들렸다 사람들 대피하라
막을 수 없는 천재에 하늘땅 을러대네

자동차 물이 들고 돌다리 무너지고
오갈 데 없는 이들 통곡을 하는구나
천신님 계시옵거든 비바람 멈추소서

Please Stop Rainstorm

Is a hole made in heaven? Rain-cloud dances
The flood causes the house to destroy
The back and forth good fields were dis-
appeared

Dreadful water sound reverberates the world
Trees are shaken, people take refuge
Unstoppable disaster makes the world shake.

Cars were flooded in, and the stone bridge
collapsed
People without a place to go are weeping
Please stop and help them

작품해설

일상의 삶을
단청하기 위한 시 쓰기
- 삶의 의미와 아름다움을 새롭게 하다

경암 이철호(소설가·문학평론가)

　김한옥 시인의 시는 3·4조의 정형화된 율격 속에서 일상의 삶을 시화하고 있다. 심오하거나 뜻 모를 이야기로 사람들을 당황하게 하거나 걸음을 멈추고 한참을 시 속에 침잠하며 시의 의미를 묻지 않아도 된다. 오랜 세월 속에서 빛바랜 색을 단청해 나가듯 희미해져 버린 일상의 삶에 새로운 색깔을 입히며 삶의 의미와 아름다움을 선명하게 시화하고 있기 때문이다.

　그러므로 그의 시는 오래됨과 새로움이 조우하기도 하고 익숙한 일상에 묻혀서 드러나지 않는 삶의 색깔들을 선명하게 끌어내는 작업이기도 하다. 퇴색해져 가는 삶의 의미들을 일깨우고 일상적인 삶의 한 단면을 시화의 과정을 통해 새롭게 조명함으로써 삶의 어떤 것도 무가치하거나 무시해도 좋은 것이 아니라 그 모든 순간순간들이 모여서 귀중한 삶을 이루는 것임을 보여주고 있다.

즉 포스터모더니즘이 지향하고 있는 해체를 통해서는 삶의 의미도, 그리고 생명도 존재할 수 없음을 역설하고 있다 할 것이다. 그의 시에서는 반복되는 일상의 매 순간이 귀하고 소중하게 다루어지는 이유가 아닐까 싶다. 삶의 이상을 추구하며 주어진 삶을 헛되이 소비하지 않는다. 그렇다고 다른 사람들의 가진 것을 부러워하며 기웃거리지도 않는다.

그의 시에는 단청의 일을 하며 묵묵히 자신의 길을 걸어왔던, 지고지순했던 삶의 절개가 3·4조의 전통적인 시조의 율격 안에서 삶의 아름다움과 기쁨으로 꽃피어나고 있는 것이다. 이는 감정과 생각이 정형적인 율격 안에서 절제되어 아름다운 조화를 이루어가는 과정이기도 하다.

그러면서도 그는 조금도 편향된 시야를 갖지 않고 넓은 삶의 지경을 보여준다. 자연을 바라보면서 그 아름다움을 노래하는 작품들, 단청을 하면서 느꼈던 감회를 적은 일, 그리고 사랑하는 어머니에

대한 애절한 마음, 아내를 향한 변함없는 연정의
마음, 그뿐 아니라 나라와 민족을 걱정하며 읊어내
는 시들, 일상의 단면들을 담아내는 시들…. 시인
이 삶을 담아내고 있는 주제들은 그야말로 광대하
다. 그만큼 시인의 삶에 대한 애정은 뜨겁다.

먼저 눈에 띄는 시는 단청과 관련된 시들이다.
오래 시간을 지나오면서 희미해져 어쩌면 무슨 무
늬인지조차 알아보기 힘들었지만 장인의 손이 한
번 닿을 때마다 다시 살아나 숨을 쉴 때 그 기쁨은
얼마만 하겠는가. 절제된 시어와 율격 속에 단순하
면서도 깊은 정취가 느껴진다.

임금님 살던 궁궐 /
그 옛날 역사 안고 //
한 많은 세월 속에 /
여러 번 헐어지니 //
다시금 복원하여서 /
단청을 치장한다

- 〈고궁〉

역사를 뒤로하고 /

세월이 흘렀건만 //

총총히 남아 있는 /

역사의 흔적들이 //

단청의 그림 속에서 /

알알이 남아 있네

- 〈그림 속 역사〉

가만가만 골팽이진 옛 선조의 희미한 자국을 따라 새 색깔을 입힐 때 시인은 무슨 생각을 할까. 한 문양 문양이 완성되어갈 때는 얼마만 한 기쁨이 그의 가슴에 요동쳤을까. 말로 다 펼쳐낼 수 없는 감격이 시속에 정아하게 앉아 있다.

시인은 오늘 여기에 있지만 그의 호흡은 과거로부터 오고 있다. 화려했던 왕궁이 그의 가슴에 있고 비운의 역사는 그의 손끝에서 회한을 씻어내린다.

꽃대궐 울긋불긋 /

임금이 살던 궁전 //

한 많은 세월 속에 /

한없이 탈색되니 //

다시금 복원하고자 /

새 단청 치장했네

- 〈새 단청〉

세월의 때가 묻은 /
고찰의 단청 색상 //
골팽이 가물가물 /
옛 선인 발자취가 //
사기의 희미한 기록 /
옛 단청 증명하네

- 〈고색 단청〉

그렇다. 시인은 고찰이나 고궁의 단청 작업을 하는 재인이다. 그의 가슴은 지난 역사의 흔적을 고스란히 안고 있지만 그렇다고 과거에만 매여 있지 않다. 그의 손끝에서 역사는 살아나, 오고가는 많은 이들에게 오늘의 삶이 어떠해야 하는지를 묻고 삶에 대한 소망으로 가슴 설레게 한다.

이렇게 숙연한 위엄 속에서 작가는 뜨겁게 사랑하고 애절하게 삶을 노래한다.
그러한 작가의 응집적인 사랑의 표현이 〈떠나지 말아요〉에서 잘 드러난다. 여전히 시인의 곁에 있지만 너무나 사랑하기에 혹 떠나면 어쩔까 하는 염려가 이 시 전체를 관통하고 있다. 연인을 향한 시적 화자의 사랑은 세상을 향해 당당하게 고백할 만큼 자랑스러운 것이며 세상 모든 사람들이 두 사람의 사랑을 축복해주길 바라는, 시인에게 있어 오직 세상에 하나뿐인 사랑이다. 그 사랑은 첫눈에 반한 사랑이 아니다. 어쩌다 마주친 사랑이 아니라는 것이다. 고난과 어려움 가운데서 피워낸 사랑이기에 그대와의 사랑의 꽃잎 하나 지면 또다시 더 사랑스런 꽃잎을 피워내겠다는 다짐이 엿보인다. 그러면서도 사랑하는 이가 혹 떠나가면 어쩌나 하는 염려는 내 마음을 다하겠다는 결단으로 사랑은 더욱 깊어지고 있다.

떠나지 말아 줘요 내게서 떠나가지 /
말아요 영원토록 당신을 사랑해요 /
당신이 나를 버리고 가시면 슬퍼져요 //
세상이 말해 줘요 당신만 사랑해요 /
우리는 세파에서 꽃잎을 피웠어요 /
이웃이 우리 보면서 영원한 연인이래요 //
희망을 말해 줘요 당신이 바라는 것 /
모두 다 들어주는 바보가 되겠어요 /

그래도 떠난다면은 붙잡지 않겠어요

                - 〈떠나지 말아요〉

    시인의 애틋한 사랑의 감정이 섬세하게 드러나는 또 다른 시는 〈기다림〉이다. 강둑에는 막 피어난 봄날의 꽃들로 아름답다. 아침 안개가 채 걷히기도 전 강물에서 물안개가 피어나는 강둑에 피어 있는 꽃들에 맺혀 있는 이슬이 마치도 애타게 기다리는 님이 오시지 않아 흘리는 눈물 같다. 사랑하는 사람을 기다리는 시인의 애타는 마음이 잘 표현되어 있다.

    졸졸거리는 시냇물, 제방길에 팔랑이는 어아리나무도 사랑하는 님을 기다리고 있는 듯, 이토록이나 아름다운 봄날 기다리는 사랑하는 사람이 오지 않아 시적 화자의 마음은 더욱 처연하다. 봄날의 아름다움과 기다림의 애틋한 마음이 대비되어 봄꽃은 처절하게 아름답고 기다림의 마음은 더욱 깊어진다.

    졸졸졸 흘러가는 시냇물 노랫소리 /
    정든 님 기다리는 이 맘을 아시는지 /
    제방길 어아리나무 진노랑 팔랑이네 // … //

오시지 아니하는 우리 님 이다지도 /
아쉬운 마음이라 눈가에 이슬 맺혀 /
한마디 말을 못 하고 이슥히 한숨짓네

                           – 〈기다림〉

   시인의 사랑에 대한 절정은 〈연가〉가 아닌가 한
다. 이루지 못한 사랑은 비둘기 울음소리만큼 구슬
프다. 내 마음조차 모르는 그 사람을 떠나려니 미
련과 아쉬움으로 슬픔은 더욱 커진다. 급기야는 꿈
에서라도 시적 화자는 사랑하는 이를 만나 자신의
마음을 고백하며 사랑하는 이와 러브스토리를 만
들고 싶어 한다.
   이 시는 직설적 감정 표현이 주조를 이루는데도
불구하고 잘 형상화된 시로 느껴지는 이유는 무엇
일까. 이는 3·4조의 리듬이 형성의 미를 이루고 2
연의 '어디서 구슬피 우는 비둘기 울음소리'가 감
정을 집약함으로 시의 격조를 드높이며 모든 직설
적 표현을 완화시키고 있다. 게다가 "내 마음 떠나
려니 슬픔만 짙어지네"와 3연의 꿈속에서 '그대를
만나 사랑 이야기를 나누고 싶다'는 고백에서 '떠
남'과 '머무름' 사이의 긴장감과 애틋함이 묘한 조
화를 이루고 있다.

화려한 수식과 생경한 언어가 없이도 연가의 선율은 깊은 풍성함과 아름다움을 선사하고 있다.

운명의 장난인가 그리움 사무치네 /
이룰 수 없는 사랑 미련만 쌓이는데 /
이리도 지울 수 없는 사랑은 상처 되네 //
무정한 그 사람은 내 사랑 모르는가 /
내 마음 떠나려니 슬픔만 짙어지네 /
어디서 구슬피 우는 비둘기 울음소리 //
하소연 할 수 없는 나만의 사랑 노래 /
달콤한 꿈속에서 네 모습 바라보며 /
못다 한 사랑 이야기 전하고 싶어진다

- 〈연가〉

이토록 시인을 애닮게 하는 연인은 누구일까. 잊지 못할 추억 속의 여인이 아닐까. 그 실마리를 풀어볼 시인의 시가 있다. 〈어느 날〉이다.

어느 날 커피 향 가득한 찻집에서 님을 기다리지만 님은 오지 않고 비만 온다. 기다리다 찻집을 나서는데 그리운 님을 만난다. 하지만 달콤한 사랑은 커녕, 맛있는 음식을 앞에 두고도 제대로 먹지 못하는 님은, 자식들 뒷바라지에 여념이 없는 내 사

랑하는 아내이다. 사랑의 현실이다. 하지만 그대를
향한 나의 기다림은 여전하다.

> 커피 향 가득하게 퍼지는 찻집에서 /
> 그대를 기다리나 오지를 아니하네 /
> 우리 님 왜 아니 오나 창밖엔 비만 오네 // … //
> 애태운 기다림도 슬며시 사라지고 /
> 그리운 우리 님과 손잡고 식당 가네 /
> 아이들 뒤치다꺼리 우리 님 안쓰럽다
>
> — 〈어느 날〉

사랑의 기다림과 완성을 보여주는 시는 〈자기〉
이다. 처음 만남의 순간부터 가정을 이루어 오늘에
이른 과정이, 마치 수천송이 꽃을 피우고 있는 것
처럼, 짧지만 섬세하면서도 풍성하다.

> 당신을 처음 보고 어쩐지 이끌려서 /
> 어여쁜 당신에게 화살을 당기었다 / … /
> 행복한 보금자리가 꽃대궐 되었다네 / … /
> 여울물 사랑 싣고 한없이 흘러간다 / … /
>
> — 〈자기〉

한편 시인의 어머니에 대한 사랑은 어떠한가.

우리의 삶의 원천은 어머니에게서 시작되었다. 아니 어머니의 사랑에서 시작되었다. 어머니의 넉넉한 품에서 사랑 받으며 자란 이는 세상이 두렵지 않다. 영원히 내 편인 어머니가 언제나 나를 지켜주고 응원하고 있기 때문이다. 그러므로 언제나 세상을 향해 당당할 수 있다. 그 어머니는 내가 처음 이 땅에 왔을 때 나의 전부인 '세상'이었던 까닭이다. 그래서 어머니는 마음의 고향으로 내가 돌아가 편안히 쉴 수 있는 안식처이기도 하다. 그런 어머니가 돌아가시면 어디에 마음을 두어야 할지 어머니에 대한 그리움은 다시 애절해질 수밖에 없다. 아니 시인의 어머니에 대한 그리움은 처절하다.

어머님 세상 뜬 지 수십 년 지났건만 /
가끔은 생각나서 눈시울 적십니다 /
생각나 소리치면은 메아리가 울립니다 //
절절한 이내 마음 아무리 불러 봐도 /
떠나신 어머님은 대답이 없습니다 / …

〈불러도 대답 없는 이여〉

석양빛 노을 안고 저물어 가는구나 /

저 해는 내일 다시 세상에 오건마는 /

그리운 우리 어머니 어째서 못 오시나 //

청청한 하늘에는 흰 구름 오고 가네 /

이 마음 구름처럼 생각이 나고 지네 /

무한히 그리운 이여 떠나신 어머님이여 / …

〈떠나신 어머니〉

　석양빛 노을에 어리는 어머니, 하지만 다시 오지 못하니 무한히 그립다고 시인은 고백한다. 시인의 마음에 뭉게구름처럼 어머니와 함께했던 시간들이 피어오른다. 그러면서 어머니를 걱정시켜 드린 것을 못내 마음 아파한다. 시인의 따뜻한 마음과 풍성한 감성이 어머니의 사랑에서 비롯되었음을 알 수 있다.

　한편 시인은 자주 통복천에서 운동하고 산책한다. 통복천의 아름다운 사계가 시인의 시에 잘 드러나 있고 또 자연과 마주하며 어릴 적 뛰놀았던 친구들을 그리워하기도 한다. 이렇듯 시인은 일상에서 마주하는 것들이 시의 소재와 주제가 됨으로써 시인의 삶의 밀도는 더욱 깊어지고 풍성해지고 있다.

　통복천 제방길에 금계국 활짝 웃는 /

초여름 으스름달 가로수 아래에는 / …

　　　　　　　　　　　　- 〈땅거미 지는데〉

… / 통복천 방강防江 정자나무 가지에 /

집을 지은 비둘기 애처롭게 /

울어 대면 구름 낀 대낮의 등산객이 /

이 나무 저 나무 두리번두리번거립니다

　　　　　　　　　　　　- 〈통복천 둑길〉

　통복천 길에 서럽게 울어 예는 비둘기 소리가 오
고가는 사람들의 발길을 멈추게 하고 깊은 사념에
젖게 한다. 잠자던 사연들이 깨어나며 일반적인 그
리고 제 3자적인 장소가 특별하고 내밀한 나만의
공간으로 변하는 순간이다. 통복천 길을 오고가는
사람들은 비밀을 공유한 묘한 동질감 속에 세계는
확장되어진다.

　이렇게 단순하면서도 아름다운 시는 〈통복천 둑
길〉〈통복천 방강길〉에 이어 더 넓고 그리고 섬세
한 자연으로 확장되어진다. 〈상사화〉, 〈봄의 꽃과
벌 나비〉〈봄〉〈일광〉 등이 시인이 자연의 순연함
과 아름다움을 노래한 시이다.

여름철 담홍자색 / 상사화 뒷마당에 //

슬프게 피었는데 / 이파리 안 보이네 //

저 꽃도 우리네처럼 / 상사병 걸렸나 봐

- 〈상사화〉

흐르는 시냇물은 흥겹게 노래하고 /

물보라 사방으로 꽃잎들 적시면서 /

정겨운 논둑 수로길 유유히 흘러가네

- 〈봄〉

어제는 흐리고 비가 오더니 /

오늘은 햇살이 반짝인다 /

우리네 삶의 기쁨 /

샘처럼 솟아나는 하루가 여기 있다

- 〈일광〉

　생은 기쁨으로 반짝인다. 비록 어제는 흐리고 비
가 왔지만 오늘은 햇살이 반짝이는 것이 자연과
사람 사는 일이 별반 다르지 않다고, 물보라 사방
으로 우리네 인생을 적시면서 어려움과 고난 속에
서도 우리의 생은 유유히 흘러간다고 시인은 노래
한다. 삶의 고고함이 느껴진다. 이러한 삶의 반듯

함은 오로지 자연으로부터 오는 것일까. 아무리 자연일지라도 시인의 순연한 마음이 아니라면 자연의 아름다움을 제대로 느끼며 표현해낼 수 있을까.

> 빗자루 마당 쓸고 쓸어도 쌓인 먼지 /
> 바람에 날아와 쌓이고 또 쌓인다 /
> 바람을 없앨까요 먼지를 없앨까요 // …
>
> — 〈마음〉

> 우주의 마음은 하늘이고 /
> 인간의 마음도 하늘 같다 // …
>
> — 〈우주와 인간〉

이렇듯 시인의 시야는 광대하면서도 섬세함을 잃지 않고 있다. 우주를 바라보며 우주 같은 인간의 마음을 들여다본다. 그러면서도 맑은 날처럼 언제나 깨끗하고 순수하길 바라는 시인의 염원은 〈마음〉에서 잘 드러나고 있다. 한편, 〈마음〉의 실천적 행동이 어떻게 적용되어지는지를 보여주는 시는 〈착각〉과 〈자화상〉이다.

> 일몰이 되었는데 언제나 밝을거나 /

잘못된 생각으로 욕심만 부렸구나 /
시간이 저물었는데 어둠을 몰라서야

- 〈착각〉

스스로 지난 사념 뒤돌아 보는 시간 /
오가는 욕심일랑 깨끗이 버리면은 /
이렇게 거벼운 마음 예전엔 몰랐노라

- 〈자화상〉

시인은 욕심만 가득한 세상에서 사람다움을 지키는 모습을 정직하게 보여주고 있다. 삶이란 단지 소유를 통해서나 내 욕심을 이룬다고 하여 풍성하고 생명력이 넘치는 것이 아니다. 우리의 삶은 양보하고 이해하고 나누는 것을 통해 더 풍성하고 아름다워진다. 결국 내 욕심만 차릴 경우 다른 사람은 물론 나 자신마저 잃어버리게 될 것이다. 〈물질만능〉〈다른 의견〉에서는 사람다움의 회복을 외치고 있다.

… / 물성의 만능주의 인간의 존엄마저 /
버리니, 원한다고 다 하지 못하는데 /
과욕을 부리다가는 사람됨을 잃는다

- 〈물질만능〉

결국 행복은 소유나 욕심에 있는 것이 아니라 우리의 마음에 있음을 시인은 역설하고 있다. 마음 안에 빛이 있고 희망이 있다. 그러할 때 만물은 살아 역동할 것이다.

행복은 어디 있나 / 아무리 찾아봐도 //
있는 곳 알지 못해 / 오늘도 허송세월 //
우리가 찾은 행복은 / 각자의 마음이네
- 〈찾는 행복〉

동녘이 밝아 오니 / 희망이 찾아오네 //
동식물 잠을 깨고 / 활동들 하는 나날 // …
- 〈마음〉

시인의 시를 통해 정형시의 아름다움을 발견한 기쁨이 있다. 즉 시인은 3·4조의 율격으로 정형시의 아름다움을 유감없이 발휘하고 있는 것이다. 정형화된 율격은 미처 형상화되지 못한 마음의 심상마저 형성의 미를 이루면서 독자들에게 익숙하게 다가온다. 이는 자유로우면서도 질서를 잃지 않는 자연스러움 때문이 아닐까.

그러면서도 시인은 일상의 삶에서 시의 소재와

주제를 끌어옴으로 일상의 시화를 이루어 내고 있
다. 이는 시를 통해 자신을 돌아보며 삶을 새롭게
인식하고 소망으로 다시 삶을 바라보도록 한다.

　이토록 풍성하고 아름다운 시들은 시인 자신의
삶을 윤택하게 할 뿐 아니라 읽은 독자로 하여금
자신을 돌아보게 하고 일상의 아름다움으로 회복
하도록 도울 것이다.

　시인이 시를 쓰는 것은 마치 단청작업과도 흡사
하여 그의 손길 끝에서 사물들은 생기를 얻어 살
아난다. 멈추지 않는 정진으로 시인의 시가 더욱
아름답게 단청되기를 기대하는 바이다.

The writing poem
to dancheong on daily routine
- Visualizing the meaning and beauty of life

Lee Chul Ho

The poems of Han Ok Kim are poeticizing everyday life in the standardized rhythm of 3·4. His poems do not let the readers embarrass with profound or meaningless stories or stop walking to ask for the poems' meaning. Just as the poet-Han ok Kim wears new colors on faded colors over the years, he is clearly visualizing the meaning and beauty of life by applying new colors to his faded daily life.

Therefore, his poems are a meeting between old and new and a work that clearly draws out the colors of life buried and hidden in familiar everyday life. By awakening the fading meanings of life and resurviving an aspect of everyday life through the process of poeticizing, it shows that nothing in life is worthless or can be ignored and that all those moments are gathered together to form a precious life.

In other words, through the dismantling that postmodernism is aiming for, it emphasizes that the meaning of life and life can not exist. In his poems, repetitive daily life is precious. He does not snooze enviously at what others have. In his poem, the incision of his life, which has been silently walking his way doing Dancheong, is blooming with the beauty and joy in the rhythm of the traditional Sijo of $3 \cdot 4$. This is also the process that emotions and thoughts are restrained in a formal rhythm and achieve beautiful harmony.

The first poems that stand out are those related to Dancheong. As time passed, it became faint and difficult to even recognize what pattern it was. But whenever the craftsman's hand touches it, how much joy is it when it breathes again.

Poems have a simple yet deep atmosphere in

restrained poetic words and rhythm

The palace where the king lived /
Has the old history //
In the regrettable times /
It breaks down several times //
By restoring again /
Colorfully it was decorated.

- 〈The Old Palace〉

Leaving history behind /
Even though time has gone by //
Starrily remained /
The traces of history //
In the paintings of Dancheong /
There's a lot left vividly

- 〈History in Paintings〉

What would the poet think while he painted a new color on the faint traces of the old ancestors? When a pattern was being completed, how much joy would have shaken his heart? The emotion that cannot be expressed in words sits quietly in the poem.

The poet is here today, but his breath is coming from the past. The splendid royal palace is in his heart, and the sorrowful history washes away its regrets from his fingertips.

Colorful flower palace /

Where the king lived //

In regrettable years and years /

The colors got worn out //

To restore again /

New colors are dressed up.

- ⟨New Dancheong⟩

The old temple that splendidly decorated /

Was stained over time. //

In the grimy spiral shape /

There are the trails of an ancestor. //

The old colorful shapes prove /

A hazy record of history.

- ⟨Dancheong of the Old Colors⟩

Yes, the poet is the Cultural commissioner of the Cultural Heritage Administration who puts colors on the ancient palace and so on. He has traces of past history in his heart, but he is not confined to the past. The history that comes to life at his fingertips asks people what today's life should be like, and it makes them feel excited with hope for life.

Such a cohesive expression about the writer's love is well revealed in ⟨Don't Leave⟩. The beloved one is still by the poet's side, but he loves so much her that he fears her leaving. It runs through the whole poem. The poetic narrator's love for the lover is proud enough to confess to the world.

> Please don't leave me /
>
> I love you forever /
>
> If you forsake me, I will be so sad //
>
> Please let the world say "He only loves you" /
>
> We bloomed petals of love in a hard time /
>
> People say that we are everlasting lovers //
>
> Please tell me your wishes /
>
> I'll be a fool to listen to everything you want /

But if you leave, I won't hold you.

- ⟨Don't leave⟩

Another poem that delicately reveals the poet's affectionate love is ⟨Wait⟩. The riverbank is beautiful with spring flowers that just bloomed. The dew on the flower is like tears that shed because an eagerly waiting person does not come. The poet's anguish waiting for a loved one is well expressed.

As if the rippling streams and the trees on the embankment are waiting for their loved ones, the heart of the poetic narrator is even more sorrowful because, on such a beautiful spring day, a loved one who waits for does not come. The spring day's beauty is contrasted with the sorrowful heart of waiting, so the spring flowers are more gorgeously beautiful, and the waiting heart is getting deeper and deeper.

The singing that the brook is murmuring /

Whether the beloved one knows my heart waiting for / Forsythia's yellow petals are fluttering on the embankment. // ⋯ //

My beloved one who has not come / Causes me to cry. / Just I sigh without a word.

- ⟨Waiting⟩

The peak of the poet's love seems like to ⟨Love Song⟩. The unfulfilled love is as sad as the dove's cries. His sadness grows even more with regret to leave from the person who does not even know his heart. Even in his dreams, the poetic narrator wants to meet his loved ones and confess his heart and make love stories with his loved ones.

Why does this poem feel like a well-formed poem despite its direct expression of emotion? This is because the beauty of the structure of 3.4 rhythms, and in 2 verse "Somewhere the sound of a mourning dove" have concentrated emotions, raising the tone of the poem and easing all direct expressions. In addition, in the confession that "As my heart leaves, my sorrow grows." and 3verse in the dream "I want to meet you and share a love story", the tension and affection between "Leaving" and "Staying" are strangely harmonized

The melody of ⟨Love Song⟩ offers a deep richness and beauty without colorful rhetoric and unfamiliar language.

> An irony of fate? Just longing pierces my heart /
> The unachievable love remains regrets /
> An indelible love makes me sick. //
> Doesn't the pathetic one know my love? /
> As my heart is bout to leaves you, my sorrow grows. /
> Somewhere, the sound of dove mourning. //
> My own love song that I can't confess. /
> Looking at you in a sweet dream /
> I want to tell you my love story that has not yet been unfolded.
>
>   - ⟨Love Song⟩

Who is the lover that makes the poet so sad? Is she a woman in unforgettable memories? There is a poet's poem to solve the clue. It is ⟨One Day⟩.

One day, he waits for the loved one at a tea house

full of coffee aroma, but she doesn't come, but only it rains. The moment he is about to leave the tea house, he meets the beloved person. But, let alone sweet love, his beloved wife can't eat properly even delicious food due to caring for her children. It is the reality of love. But his wait for the beloved one continues.

No sooner I saw you, I was attracted /
So I shot Cupid's arrow at you. /
You were at a loss with a reddish shy. // ⋯ //
The boat of wishes for children is /
Flowing along the brook of love endlessly. /
But it's sad the years go by like a dream.

- ⟨My sweetheart⟩

How is the poet's love of his mother?

The source of our life began with our mother. No, it started with mother's love. Those who grew up loved and raised in the generous arms of their mother are not afraid of the world. This is because my mother, who is forever on my side, always protects and supports me. Therefore, I can always be confident toward the world. That mother was my whole world when I first came to this land. So my mother is the home of my mind, where I can go back and rest in peace. When such a mother dies, the longing for the mother is bound to become sad again. The poet's longing for his mother is desperate.

It's been decades since my mother passed away /
Sometimes the longing for you makes me feel so sad /
Whenever I call out my mother, only an echo resounds. //
No matter how hard I call desperately /
My mother who has left has no answer. / …

　　　　　　　　- 〈Even if I call out you〉

It's getting dark at dusk /
The sun will return to this world tomorrow /
My dear mother, why can't you come? //
The white clouds go back and forth in the blue sky /
Thoughts in my mind appear and disappear like

clouds /

    Desperately I long for my departed mother //

    Now that I think about it, I'm really sad /

    I, who was not matured, had my mother worried /

    After leaving, even if I mourn, my mother never

comes again.

- 〈The mother who left〉

The mother who reflected in the sunset, the poet confesses that he misses his mother infinitely because she can't come back. The time he spent with his mother rises in the poet's mind like a cloud. He is sad that he couldn't help worrying his mother. It can be seen that the poet's warm heart and rich sensibility stem from his mother's love.

Meanwhile, the poet often exercises and walks on Tongbokcheon. The beautiful four seasons of Tongbokcheon are well revealed in the poet's poems, and while facing nature he also misses the friends who ran around when he was young. As such, because the poet's daily life becomes the subject of poetry, the density of the poet's life is deepening and enriching.

Along the Tongbokcheon embankment, the golden-wave bloomed widely /

Under a dim moon and streetlight of early summer /

Lots of walkers are still coming and going / ⋯

- ⟨It's Dusk⟩

⋯ / On the branch of shade tree around Tongbok-cheon /

The pigeon who made the nest /

Weeps pitifully /

Then the hikers in broad daylight /

Look around this tree and that tree

- ⟨Tongbokcheon embankment⟩

The sound of a pigeon crying on Tongbokcheon embankment makes the people coming and going stop and soaked in deep thoughts. It is the moment when the sleeping stories awaken, and the general and third-party place turns into a special and private space. The world is expanded in a strange sense of homogeneity where people who come and go along the Tongbokcheon path share a secret.

This simple yet beautiful poem expands into wider and more delicate nature in following 〈Tongbokcheon embankment〉 and 〈Tongbokcheon Banggang-gil〉. 〈Lycoris〉, 〈Spring Flower, Bee and Butterfly〉 〈Spring〉 〈Daylight〉. These poems sing about the gentleness and beauty of nature.

> With pink-purple in summer /
> Lycoris bloomed in the backyard //
> Flowers are sad / Not to meet the leaves //
> Those seem to take a lovesick too / Like us
>
>   - 〈Lycoris〉

> It's spring day /
> When hibernated animals and plants stretch and wake up /
> Bees and spring butterflies also fly in the flowers. // ⋯
>
>   - 〈Spring〉

> ⋯ // Yesterday, it was cloudy and rainy /

Today, the sun is shining. /

It's a day that the joy of our life springs up like a fountain.

- ⟨The Sunlight⟩

Life sparkles with joy. The poet sings that although it was cloudy and rainy yesterday, today what the sun shines is not much different from nature and what people live. Also, he portrays that our lives flow smoothly even in difficulties while the water drops wet our lives in all directions. It is lofty of life. If it wasn't for the poet's pure heart, would it be possible to properly learn nature's laws?

Though being swept and being swept with a broom /

Dust in the wind is getting more /

Is it better to remove wind or dust? // ⋯

- ⟨The Mind⟩

The heart of the universe is heaven. /

The human mind is also like heaven.

- ⟨The Universe and Man⟩

Like this, the poet's vision is vast and delicate. Looking at the universe and looking into the human heart like the universe. Meanwhile, the poet's desire to always be clean and pure like a sunny day is well expressed in 〈Mind〉. On the other hand, 〈Illusion〉 and 〈Self-portrait〉 show how to apply the practical actions of 〈Mind〉.

> It's sunset, is it always bright? /
> I've been greedy for the wrong idea. /
> It's dusk, but I did not recognize the darkness.
>
> - 〈Illusion 〉

> Time to look back on my own past thoughts, /
> When I throw away my greed /
> I didn't know before that my heart is lightened like this.
>
> - 〈Self-Portrait〉

The poet honestly shows the way keeping his humanity in a world full of greed. Life is not just rich and full of vitality through possession or greed. Our lives become richer and more beautiful through yielding, understanding, and sharing. In the end, if we get greedy, we will lose not only others but also myself. In ⟨Materialism⟩ and ⟨A Different Opinion⟩, he is crying out for the restoration of humanity

> ··· /
>
> Mammonism leads to a loss of human dignity /
> No matter how desperately you want it, you can't have everything /
> The greed for the material causes us to lose even humanity
>
> - ⟨Materialism⟩

After all, the poet emphasizes that happiness is not in possessions or greed, but in our hearts. There is light and hope in the heart. In that case, all things will be alive and dynamic.

> Where is happiness? /

No matter how hard we find it //

We don't know where it is /

Waste of time again today //

The happiness we seek /

It's up to our own heart

- 〈To find happiness〉

Since the east is bright, /

Hope is coming //

All things wake up /

And start a day //

I found my hobby /

Hidden inside me

- 〈Heart〉

There is the joy of discovering the beauty of formal poetry, Jeong Hyeong-si, through the poet's poems. In other words, the poet shows the beauty of formal poetry without regret with 3·4 rhythms. The standardized rhythm comes to familiarity with readers, and make the beauty of formation even the image that has not been embodied. Maybe this is because of the naturalness of being free but not losing order.

At the same time, the poet poeticizes everyday life by drawing the subject matter and theme of poetry from a daily routine. This allows him to look back at himself through poeticizing, recognize life anew, and see life again with hope.

Such rich and beautiful poems will not only enrich the poet's own life but will also help the reader to look back on himself and restore his everyday's beauty.

In him, writing a poem is similar to Dancheong work, so objects come to life at the end of his touch. We hope that the poet's poems will be more beautifully colored with unstoppable devotion.

| 단운 김한옥 연보 |

1959년 혜각 스님을 만나 서울 성북구 팔정사에서
단청 시작

1974년 문화재관리국 단청 기술자 시험 합격(150호)
조계사 대웅전 단청

1991년 문경 봉암사 대웅전과 선방 등 단청

2005년 한국단청기술자협회 회장

2005년 문화재 전문위원. 조계사 대웅전 2차 단청

2007년 단청 분야 실무자로서 직접 〈단청 도감〉 저
서 발행

2007년 문화재청 전문위원(단청 분야)

2008년 북경 유네스코대회 東亞地區木結構彩畵保
護國際對會 참가(한국의 단청 기법과 문양
에 대하여 강연)

2008년　중요 무형 문화재 단청장 선출 심의위원

2009년　문화재청 전문위원(단청 佛畵 분야)

2009년　수원 봉녕사 대웅전 등 전체 단청공사

2011년　문화재청 설계 심사위원

2013년　〈한중고대건축불화〉 저서 발행

2014년　개산조각 진영 11분 직접 그림

2015년　문화재청 건축분과 전문위원

2016년　문화재위원

2018년　북경 유네스코대회 東亞地區木結構彩畵
　　　　保護國際對會 참석

2019년　〈고건축과 여담〉 저서 발행

2021년　〈왕조초상화 다국연표〉 저서 발행

번역 **강 신 옥**

· 한국문인 편집주간, 현대계간문학 편집국장 역임
· 현) 선우미디어 편집부장
· 한국문인 번역문학상 수상

김한옥 시집 제1집

초판 1쇄 발행 2021년 1월 15일

지은이 김한옥   번   역 강신옥
펴낸이 박화영   출판기획 김우현
펴낸곳 새한국문학회 출판부
출판등록 제2020-000018호(2020. 10. 20)
주 소 경기도 시흥시 관곡지로 222, 311-1804
전 화 010-4356-5100
E-mail miraclebooks77@naver.com
공급처 도서출판 미라클

ISBN 979-11-972273-1-8 (03810)
책 값 12,500원

· 잘못된 책은 판매처에서 교환해 드립니다.
· 이 책의 판권은 지은이와 새한국문학회 출판부에 있습니다.
· 양측의 서면 동의 없이는 어떤 형태로든
  책 내용의 전부 또는 일부를 이용할 수 없습니다.
· 지은이와 협의하에 인지는 생략합니다.